à mon ami Gustave van Muyden, D. phil.

souvenir affectueux

Edouard Fick

GENEVE DELIVREE

COMEDIE SVR L'ESCALADE,

compofée en 1662, par *Samuel Chappuʒeau*, homme de lettres.

Publiée par

J.-J.-G. Galiffe & Ed. Fick

J. U. DD.

GENEVE

Imprimerie de Jules-Guillaume Fick.

—

1862

AVANT-PROPOS.

LE 8 décembre 1662, notre Conseil d'Etat procédait, sur l'invitation du Premier Sindic, à la lecture à haute voix d'une comédie dédiée à la Seigneurie de Genève par le sieur Samuel Chappuzeau, homme de lettres. Le sujet de cette pièce de théâtre, intitulée : *Genève délivrée*, était notre fameuse Escalade du 12 décembre 1602. L'auteur avait supplié le Conseil de bien vouloir l'autoriser à imprimer cette pièce & à la faire représenter, au prochain jour anniversaire de l'Escalade, dans la maison d'un riche citoyen & négociant genevois. Mais, hélas ! la lecture achevée, les Conseillers chargèrent Monsieur le Premier « *de faire entendre au sieur Chappuzeau que dans la conjoncture présente & eu égard au traité de St-Julien, on ne peut permettre les dites impression & publication de la dite pièce; & pour cet effet, qu'il ait à retirer les copies qu'il en a déjà baillées, avec défense d'en distribuer aucune à peine.* »

Cette comédie a-t-elle depuis lors jamais été imprimée ? Est-ce bien celle que nous offrons aujourd'hui à nos lecteurs ? — Et cette dernière, dont le manuscrit ne porte ni date ni nom d'auteur, est-elle bien l'œuvre de Chappuzeau ?

Dans la lifte affez longue des ouvrages que Senebier attribue au même écrivain *, fe trouve une
« *Genève délivrée*, compofée en 1662, fur l'Efcalade,»
imprimée à Zell in-4°, en 1702, mais qui eft qualifiée de « *poème en cinq chants.* » MM. Haag, dans leur
France proteftante, III, 338, difent également que la
Genève délivrée de Chappuzeau fut imprimée à Zell
en 1702, mais in-8°. Or, il eft aifé de s'affurer à première vue que notre petite comédie ne répond nulle-
ment à la défignation de Senebier. D'autre part, nous
n'avons pas réuffi à nous procurer le prétendu « poème
en cinq chants,» ni toute autre pièce fur l'Efcalade,
qui aurait paru en 1702 à Zell, fous le titre précité ;
notre Bibliothèque publique ne poffède que deux ouvrages de Chappuzeau : *Lyon dans fon luftre*, Lyon,
1656, in-4°, 1 vol., inconnu à Senebier, & *L'Allemagne proteftante*, Genève, 1671, in-4°, 1 vol. Enfin,
dans les recueils des chanfons, dialogues & autres
pièces fur l'Efcalade, nous ne trouvons rien, ni même
aucune mention qui puiffe fe rapporter à la pièce que
nous publions **.

---

* *Hiftoire littéraire de Genève*, II, 229 à 231.

** A l'époque où Chappuzeau compofa fa comédie fur l'Efcalade, on en
jouait une autre, beaucoup plus compliquée, dans le goût des anciens
myftères, & où le diable & le bourreau avaient leurs rôles. Elle fut cenfu-
rée par le Confiftoire en 1663 (voyez les *Extraits* de M. l'ancien Sindic
Cramer, p. 330). C'eft fans doute de cette pièce que Rouffeau entend
parler dans fa lettre à d'Alembert, en difant qu'à une repréfentation le
diable entrant en fcène fe trouva double, ce qui fit à l'inftant fuir tout le
monde & finir la repréfentation.— Une autre pièce, très-inférieure, parut
dans le même fiècle fous le titre : *L'Echelle de Savoie, tragédie.* — Une
autre tragédie en cinq actes, jaugeant 5000 vers prononcés par 24 per-
fonnages, fut compofée de 1727 à 28. L'une des dernières productions
fur ce même fujet eft celle de M. M.-G. Mallet, imprimée il y a dix-fept
ans environ, & qui a été fort goûtée. (Voyez le recueil qui a paru chez
MM. Jullien en 1845.)

Ces données contradictoires pourraient nous em-
barraffer fi nous ne favions par expérience à quel point
les renfeignements hiftoriques & biographiques de
Senebier demandent à être contrôlés, autant pour le
moins que les éloges outrés qu'il prodigue avec beaucoup plus de bienveillance que de difcernement à tout
ce qui eft forti des plumes genevoifes. Ainfi, il fe
trompe dès le début de fon article fur Chappuzeau
en prétendant qu'il fut reçu bourgeois de Genève en
1661 : car le Rôle des Bourgeois & les Regiftres du
Confeil nous apprennent qu'il n'obtint cette qualité
que le 22 octobre 1666, gratuitement, avec fes quatre
fils, après avoir remis à chaque Confeiller un exem-
plaire de fon ouvrage intitulé: *L'Europe vivante* & non
pas *favante*, comme l'appelle Senebier *; il eft même
certain qu'en 1661, il n'était pas encore à Genève,
puifque nous voyons par les féances du Confeil du 9
janvier & du 16 février 1663, à l'occafion d'une requête de Chappuzeau de pouvoir enfeigner la géographie, qu'on ne lui avait octroyé que trois mois de féjour dans nos murs, & qu'à cette dernière date ce
terme, dont il avait de la peine à obtenir la prolon-
gation, venait d'expirer. En revanche, ces données
s'accordent parfaitement avec la dédicace aux Magni-
fiques Seigneurs, malheureufement un peu mutilée,
placée en tête de notre manufcrit, avant l'avis *au lecteur*. On voit là que l'auteur venait feulement d'arriver
dans nos murs, où il s'était auffitôt mis à l'œuvre,
« *voulant* (dit-il) *éviter le reproche d'être une bouche inu-*

---

* Le 24 octobre 1666, Chappuzeau obtint du Confeil un privilége de
fept ans pour l'impreffion de cet ouvrage. — Il en obtint un autre le 8
avril 1668 pour imprimer les *Colloques d'Erafme*, traduits par lui en français, & dont il avait déjà publié la première partie à Paris. (R. du C.)

tile dans une ville où il voit chacun s'occuper fi dignement, *& ne croyant pouvoir mieux employer* les premiers jours de fon établiffement *qu'en tâchant de contribuer à la pompe d'une fête fi célèbre, dans laquelle les Genevois font éclater leur joie jufqu'aux montagnes voifines & jufqu'au Ciel!....»* Le défir de conferver la bonne opinion qu'on veut bien avoir de fon talent poétique *« l'a moins échauffé en cette circonftance que fon zèle pour la gloire d'une République que fes magiftrats gouvernent avec une fageffe & une équité qui la rendent la plus heureufe & la mieux réglée de toute la terre. S'il eft lui-même affez heureux pour ne pas leur déplaire par ce fruit de fes premières veilles dans leur ville, la joie qu'il en aura le portera à des efforts bien plus grands, & il faura faire paraître fon zèle & fon ref-pect autrement que par des vers, &c., &c. »* Cette pom-peufe dédicace; les paffages que nous avons foulignés; le titre, le fujet & le ftyle même de la pièce; le fait que dans les documents authentiques où il eft queftion de l'œuvre de Chappuzeau, il ne s'agit jamais d'un « poëme en cinq chants, » mais d'une *comédie*; enfin l'orthographe, l'écriture & tous les caractères exté-rieurs de notre manufcrit qui, forti de nos papiers de famille, nous vient d'ailleurs de l'un des magiftrats contemporains de l'auteur *; tout, en un mot, nous autorife à croire que notre publication n'eft pas autre chofe que la *Genève délivrée*, compofée en 1662 par

---

* Le Confeil d'État fe compofait, en décembre 1662, de Jean Voifine, Jacob Du Pan, Marc Rofet & Odet Lect, Seigneurs Sindics, & des Nobles Louis de la Rue, Jaques Favre, André Piétet, Raimond de Savyon, Jacob Laureus, Jean Liffort, Jacob Andrion, Louis Galiffe, Gabriel de la Maifon-neuve, Jaques Favre, Jean Buiffon, Michel de Normendie, Abraham Pia-get, Etienne Rocca, Jacob de la Rive, Louis Trembley & Etienne Le Clerc, Confeillers; le Lieutenant (élu en novembre) était Ifaac Gallatin, le Tréfo-rier Jaques Grenus, & les Secrétaires Jean Lullin & Ami de Chapeaurouge.

Samuel Chappuzeau, qui du reste peut fort bien avoir élaboré enfuite un poëme plus étendu fur le même fujet, comme celui que Senebier prétend avoir été imprimé à Zell en 1702, un an après fa mort.

Quelques mots maintenant pour compléter ce que nous favons déjà fur Chappuzeau. — Les biographes précités s'accordent à le faire naître à Paris en 1625, & cette origine eft confirmée par une atteftation de foi & de conduite chrétiennes, donnée le 5 février 1663 en faveur du dit « par les Pafteurs & Anciens de l'Eglife de Paris qui s'affemble à Charenton. * » Senebier ajoute qu'il avait été précepteur du roi Guillaume III d'Angleterre, ce que les dates & les circonftances connues rendent, finon impoffible, au moins peu probable. Nous croyons davantage à l'indication de MM. Haag, que Chappuzeau avait étudié la philofophie à Genève ; car bien que fon nom ne figure pas fur le *Livre du Recteur*, nous le voyons, dans la féance du Confeil du 22 octobre 1666, où il fut reçu gratuitement à la bourgeoifie genevoife, invoquer avec reconnaiffance le fouvenir des fervices que feu fon père & lui avaient reçus jadis de Meffeigneurs. Déjà dans la féance du 16 février 1663, — où, après certaines explications juftificatives de Chappuzeau devant le Confiftoire & la Vénérable Compagnie (qui s'oppofait à ce qu'il enfeignât la géographie), le Confeil lui avait permis de prolonger fon féjour, — notre poëte avait rappelé que du chef de leur mère fes enfants avaient pour bifayeul le fieur Le Boiteux, quand vivait miniftre & principal au collège de cette ville. Enfin, dans une pétition de 1682, dont il fera queftion

* *Notes extraites des Regiftres du Confiftoire de Genève*, par M. l'ancien Sindic A. Cramer, p. 330.

plus loin, il dit en toutes lettres « qu'il a eu le bonheur d'être élevé à Genève dans ses plus tendres
années. »

Au dire de MM. Haag, Samuel Chappuzeau avait
épousé à Lyon une Genevoise, que nos Regiſtres nom-
ment Marie Frichot. Cette femme le rendit père d'une
nombreuse famille ; car outre les quatre fils reçus gratuitement avec lui à la bourgeoiſie en 1666, il fit encore baptiſer à St-Pierre, du 12 ſeptembre 1663 au
10 janvier 1672, cinq filles (dont l'une fut préſentée
au baptême par le Marquis de Roſſac) & un fils nommé Sigiſmond. Cette énorme famille & la pauvreté
du père, qui vivait de ſa plume & de ſes leçons, ex-
pliquent le peu d'empreſſement que les magiſtrats &
le clergé avaient paru mettre d'abord à favoriſer ſon
établiſſement dans notre ville, ainſi que la ſévérité
qu'il devait rencontrer au premier ſujet de plainte à
ſon égard.

Le 11 juillet 1671, le Sindic Michel de Normendie
rapportait au Conſeil « que le ſieur Chappuzeau avait
fait imprimer en ville (ſans les formalités voulues)
un livre intitulé : *La relation de Savoie*, qui contenait
des choſes préjudiciables pour Genève. » — Comme
on le voit par la ſéance du 23 janvier 1672, l'auteur
avait vainement cherché, dans une lettre adreſſée le
13 août 1671 au Secrétaire du Conſeil, No. Jean Du
Puy, « *à ſe juſtifier de l'impreſſion de ce livret, intitulé :*
L'Eſtat préſent de la Cour de Savoye, *dans lequel il don-
nait à* S. A. R. *le titre de Comte de Genève, ſans faire autrement mention de cette ville dans la deſcription qu'il ſe-
ſait des Etats* voiſins de la Savoie, *comme s'il l'y avait voulu
tacitement comprendre.* » — Il nous paraît évident que
Chappuzeau avait alors quitté Genève, & que ce fut

ce qui fit renvoyer de mois en mois le jugement de cette affaire jufqu'au moment où elle fut relevée par les puiffants protecteurs qu'il avait fu intéreffer à fa caufe *.

Le 11 décembre 1672, une lettre du général de Balthazar, baron de Prangins & bourgeois de Genève (& dont le fils était filleul de la République), adreffée au Premier Sindic, recommandait Samuel Chappuzeau à la bienveillance du Confeil, qui apprenait en même temps que le général venait d'arriver en perfonne pour appuyer fa requête. Le même jour le Confeil prenait connaiffance d'une humble fupplique, dans laquelle Chappuzeau témoignait « *très-grande contrition & déplaifir de fon* imprudence, *& offrait de fe foumettre à la peine qu'il plairait à Meffeigneurs de lui impofer, défirant réparer le paffé par fon zèle pour la République.* » Mais ceux-ci, tout en comblant le général des politeffes d'ufage, ne lui accordèrent pas autre chofe que la promeffe de furfeoir jufqu'à nouvel ordre au jugement de fon protégé, « dont la conduite était devenue affez fufpecte au magiftrat & au peuple pour qu'on dût lui défendre de revenir en ville. »

Le 13 décembre, le Premier Sindic fit approuver par le Confeil une réponfe analogue qu'il avait faite au gouverneur des Princes de Würtemberg (qualifiés ici de Comtes de l'Empire), qui demandaient qu'on voulût bien permettre à Chappuzeau « *de venir en ville leur enfeigner diverfes fciences, comme il l'avait fait ci-devant avec fuccès à d'autres princes de leur féréniffime maifon.* » Le Sindic avait répondu que, malgré tout le défir des magiftrats genevois d'obliger ces princes, ceux-ci ne

---

* *Regiftres du Confeil*, 24 janvier, 2 & 3 février & 14 août 1672.

voudraient pas fans doute « exiger d'eux une chofe contraire à la fûreté de l'Etat dont leur recommandé s'était montré l'ennemi. »

Malgré les défenfes, notre poëte était rentré en ville fous la protection & à la fuite de M. de Balthazar ; car le 14 décembre, les Confeillers Grenus & Sarafin rendaient compte d'une vifite qu'ils venaient de faire au général, à qui ils avaient déclaré que fi fon protégé n'était pas auprès de lui & fous fa protection perfonnelle, ils l'auraient fait arrêter immédiatement. M. de Balthazar eut beau leur repréfenter « que Chappuzeau avait péché en poëte, fans mauvaife intention; que quant à lui, bien loin de vouloir protéger un criminel, il engageait le Confeil à le juger &, s'il était réellement coupable, à le punir par quelques mois de banniffement, après quoi il pourrait rentrer à Genève. » Le général fe permettait, pour excufer fon infiftance, de rappeler « les fervices qu'il avait lui-même rendus à la Seigneurie, & tout dernièrement encore en recommandant nos intérêts à M. de St-Romain, ambaffadeur de France. » Le Confeil demeura inébranlable, & Chappuzeau fut obligé de s'en retourner comme il était venu ; mais nous allons voir qu'il n'était pas encore au bout de fes reffources.

Le 17 mars 1674, les No. Lullin & Leét rapportèrent « qu'étant allés complimenter le Prince de Saxe-(Gotha) en fon logis, S. A. leur avait témoigné le défir d'apprendre du fieur Chappuzeau la langue françaife & d'autres fciences, comme ont fait Meffieurs fes frères durant leur féjour dans cette ville. » Cette prière fut renouvelée peu de jours après par le gouverneur du prince dans une vifite qu'il fit à cet effet au Premier Sindic, & une troifième fois lorfque les magiftrats vinrent rendre la politeſſe à S. A.; le Prince avait penſé vaincre toute oppoſition en promettant d'inſtaller le poëte dans ſa propre maiſon & en engageant ſa parole de ne pas l'en laiſſer ſortir ; il ajoutait que ſi ſa demande était rejetée, il ſe verrait dans la déſagréable néceſſité de faire venir un autre maître de langues, qui ne vaudrait pas Chappuzeau. Mais le Conſeil, perſiſtant dans ſon refus, chercha à faire comprendre à S. A. « que la préſence de Chappuzeau à Genève ſerait d'autant plus fâcheuſe que Meſſieurs de Berne l'avaient auſſi renvoyé de leur pays, & qu'il ſerait même à craindre qu'il ne fût maltraité par le peuple qui l'avait pris en averſion *. »

Malgré ces refus répétés, les auguſtes protecteurs de Chappuzeau ne ſe tinrent pas pour battus. Après avoir échoué iſolément, ils convinrent de réunir leurs efforts. En conſéquence, le Conſeil reçut, au mois de mai ſuivant, une nouvelle requête ſignée des Princes de Saxe-Gotha & de Würtemberg, qui n'y prenaient que la qualité de *barons*, & de M. de Balthazar, « L' Général & Conſeiller de la Pierre en la Chambre de l'Edict de Grenoble. » Les requérants demandaient le pardon des fautes que leur protégé avait commiſes, diſaient-ils, « plutôt par imprudence que par mauvaiſe intention, & qu'il lui fût permis de demeurer chez eux, au moins durant leur ſéjour dans cette ville, ſe portant d'ailleurs garants de ſa fidélité & bonne conduite, & de ce que ſa famille ne pourrait tomber à la charge du public. » — Cette fois les magiſtrats ne jugèrent pas à propos de pouſſer plus loin la réſiſtance. La requête princière fut accordée dans les ſéances du 18,

---

* *Regiſtres du Conſeil*, 28 & 30 mars.

19 & 22 mai, à la condition que les claufes y infé-
rées feraient fidèlement obfervées ; & les gouverneurs
des Princes s'empreffèrent d'en témoigner leur reconnaiffance dans une vifite au Premier Sindic.

Mais alors Princes & Confeil d'Etat eurent affaire
au Confeil des CC (1ᵉʳ juin), qui, par l'organe du
Procureur Général, voulut favoir ce que fignifiait cette
conceffion en faveur *« d'un homme réputé criminel d'Etat
& indigne de ce fupport, eftant d'ailleurs à appréhender
qu'il ne reffente la fureur du peuple s'il vient à fortir de la
maifon où il eft. »* — Le Confeil d'Etat, ainfi interpellé,
expliqua par la voix du Premier Sindic « qu'il s'était
vu contraint de céder aux follicitations preffantes &
réitérées des Princes de Saxe, de Würtemberg *& de
Courlande* (?) en faveur de Chappuzeau, dont le jugement ne ferait d'ailleurs que fufpendu pendant fon
féjour chez S. A. le Prince de Saxe, fous les conditions
portées dans leur dernière requête. » — Le CC com-
prit qu'il pouvait y avoir des raifons d'Etat plus fortes
que celles qu'on avait voulu appliquer aux étourde-
ries d'un pauvre poëte, & ce fut ainfi que la ténacité
genevoife dut, après dix-huit mois de difcuffion, baif-
fer pavillon devant l'obftination princière & germani-
que.

Nous ne faurions dire exactement jufqu'à quelle
époque Chappuzeau put prolonger fon féjour condi-
tionnel dans notre ville, où fe trouvaient alors d'autres princes encore que ceux que nous avons nommés[*].
Ce qui eft certain, c'eft qu'il n'y était plus vers la fin
de 1678 ; car le 22 octobre de cette année, le Con-

---

[*] Entre autres un Prince de la maifon de Brunfwick, au fervice de laquelle notre poëte devait entrer plus tard (Grenus, *Fragments biographiques & hiftoriques*, p. 183).

feil eut à s'occuper d'une requête de notre homme de
lettres qui demandait un fauf-conduit de quelques jours
« *pour venir affurer le Confeil de fon refpect & de fon ƶèle*
envers la République, nonobftant les finiftres impreffions
qu'on avait voulu donner de fa conduite au fujet de fon
livre de L'Eftat préfent des Cours d'Italie. » — Le Confeil renvoya toute décifion jufqu'après examen « *de ce*
qui avait été jugé à fon égard en 1672. » — Mais la requête ayant été renouvelée peu de temps après en ter-
mes fort preffants par M. de Balthazar & par le Seigneur bailli de Nyon, le Confeil ordonna au Premier
Sindic (14 janvier 1679) d'écrire à ces Meffieurs que
Chappuzeau pourrait revenir à condition « *de recon-*
naître fa faute & mauvaife conduite, de fubir les cenfures
convenables & de fe comporter décemment. » — Ce fut le
1er février fuivant que notre poëte vint fe foumettre à
cette amende honorable & aux « grièves cenfures » du
Confeil au fujet de l'impreffion de fon livre « *de* L'Eftat
de la Cour de Savoie * *& autres conduites imprudentes.* »

Le 31 octobre 1681, une nouvelle requête de Chappuzeau demandait qu'il lui fût permis de lire & d'enfeigner publiquement l'hiftoire & la géographie ;
mais les Profeffeurs de l'Académie ayant auffitôt formé
oppofition entre les mains du Premier Sindic, la per-
miffion dut fe borner à des leçons particulières. —
L'année fuivante (1682) nous retrouvons notre poëte
à Hanovre, d'où il adreffa le 23 feptembre (nouveau
ftyle) une humble requête au Confeil genevois, ten-
dant à lui faire obtenir, avec fon congé, la permif-
fion d'entrer au fervice du Duc de Zell, chef de la

---

* C'eft le quatrieme titre donné à ce malheureux livre, fans doute le
même que Senebier appelle : *Hiftoire de la royale maifon de Savoie*, 2 vol.
8º. 1702.

maifon de Brunfwick-Lunebourg, en qualité de gouverneur des pages de ce Prince, auprès duquel fon fils
rempliffait, déjà depuis fix ans, les fonctions de Secrétaire. « Privé de toute exiftence affurée à Genève,
ce font (dit-il) les déplorables néceffités de fes affaires
& les intérêts de fa famille qui l'ont décidé à s'arra-
cher d'un lieu qu'il honore & qu'il aime paffionné-
ment. Néanmoins il n'a voulu engager fa parole à fon
nouveau maître qu'à condition que Meffeigneurs lui
accorderaient fa demande, ne voulant rien faire que fous
le bon plaifir d'un Etat qu'il reconnaîtra toujours pour
fa véritable patrie, puifqu'il a eu le bonheur d'y être
élevé dans fes plus tendres années, & qu'il y a été
reçu depuis avec tant de bonté & tant d'honneur. De
loin comme de près, & en toutes rencontres fon fils &
lui conferveront toujours la fidélité & le zèle de bons
Bourgeois de Genève ; ils tiendront à gloire & pren-
dront à tâche d'en donner des marques à la République & à chacun des particuliers dans toutes les occa-
fions qui pourront s'offrir, en continuant leurs prières
avec ardeur pour la profpérité d'un Etat où règnent la
pureté de notre fainte Religion, la piété & les bon-
nes mœurs, & à qui ils font redevables de leur première éducation & de plufieurs biens qu'ils n'oublie-
ront jamais. » Le pauvre poëte termine en priant
humblement la Seigneurie « de ne pas entraver le dé-
part de fa petite famille reftée à Genève, parce que ce
ne fera qu'après avoir pris poffeffion de fon nouveau
pofte qu'il fera à même de fatiffaire quelques créan-
ciers qu'il a dans cette ville, & qu'il promet folennel-
lement & religieufement de contenter dès qu'il en aura
les moyens *. »

* On peut voir cette requête aux Archives dans les portefeuilles des

On reconnaît bien ici le ftyle pompeux & laudatif de la dédicace citée plus haut (pages v & vi). Mais quand on réfléchit que Chappuzeau adreffait ces paroles de reconnaiffance, de refpect & de dévouement à ces mêmes magiftrats qui l'avaient pourfuivi naguère avec tant de rigueur, — & cela au moment où il venait d'être nommé à des fonctions qu'ils euffent pu lui envier ; enfin quand on voit avec quelle modeftie il parle de fon infuffifance pour « *cet emploi qui ne fe donne ordinairement qu'à des perfonnes confidérées, qui ont plus de qualité & de mérite que lui,* » il faut bien convenir que fes illuftres protecteurs avaient eu raifon de dire naguère qu'il avait failli « plutôt par imprudence de poëte que par mauvaife intention. » — Dès cette époque, le nom de Chappuzeau difparaît entièrement de nos Regiftres. Au dire de fes biographes il mourut à Zell, en août 1701. Senebier, qui ne paraît pas avoir connu fes démélés avec le gouvernement genevois, nous dit que « *vieux, infirme, aveugle & pauvre, il réunit toutes les mifères des mauvais poëtes.* »

Nous laiffons à d'autres le foin de nous révéler les deftinées ultérieures de Samuel Chappuzeau, — qui fut, dit-on, le collaborateur du voyageur Tavernier & des principaux lexicographes & encyclopédiftes de fon époque, tels que Moreri, Hoffmann, Bayle, &c. — & de nous parler de fes autres publications, dont, preffé par le temps, nous n'avons pas eu le loifir de nous

pièces hiftoriques, doffier n° 3724. C'eft ici le cas de dire que nous devons la plupart des renfeignements qui ont fervi à cette notice & notamment ceux qui concernent la longue conteftation de Chappuzeau avec le Confeil, à l'extrême obligeance de notre favant collègue, M. l'archivifte Heyer, que nous avons eu fi fouvent l'occafion de citer dans nos travaux antérieurs.

occuper. Mais nous tenons à ajouter encore quelques mots fur fa *Genève délivrée*.

A l'époque où Chappuzeau dédia fa comédie au Confeil (1662), il venait feulement d'arriver dans nos murs ; nos magiftrats n'avaient rien encore à lui reprocher, & leur refus de laiffer imprimer & repréfenter cette pièce n'avait donc rien d'intentionnellement défobligeant ni pour l'auteur ni pour fon œuvre. Comme nous, fans doute, ils durent reconnaître que le fujet y était traité avec bien plus de convenance & de goût que cela n'avait eu lieu dans les poëmes & les récits antérieurs fur l'Efcalade. L'auteur déclarait lui-même, dans fon avis *au lecteur*, « que fans omettre aucune circonftance connue, il s'était appliqué à parler de la nation favoifienne & de fon Prince avec refpect & circonfpection, & qu'il avait dans ce but rejeté toute l'imprudence & l'injuftice de l'entreprife fur deux hommes étrangers aux Etats de S. A. : le père Alexandre, jéfuite écoffais, & le tranffuge français d'Albigny, » qu'il compare de fait & de nom au Duc d'Albe. Mais cela ne fuffifait plus à cette époque. Le gouvernement genevois ne pouvait pas, fans doute, impofer filence aux bruyantes manifeftations qui éclataient le 12 décembre de chaque année, & dont les magiftrats prenaient eux-mêmes leur part, au moins en famille. Mais ils eftimaient devoir refufer leur fanction *officielle* à tout ce qui aurait pu fervir de prétexte pour raviver l'ancienne querelle féculaire, fi péniblement affoupie. Certes, notre hiftorien national Spon, Genevois depuis trois générations, avait bien mieux mérité de Genève que le réfugié Chappuzeau : fon hiftoire n'en fut pas moins, pour les mêmes raifons, défavouée par le Confeil & qualifiée de « pafquinade contre la Savoie » (1679), & cela, chofe à noter, dans l'année même où le pauvre Chappuzeau n'ofait encore rentrer à Genève, à caufe d'un ouvrage en fens inverfe, publié huit ans auparavant. Ces fufceptibilités internationales & ces ménagements officiels fe font prolongés, *crefcendo*, jufqu'à la révolution de 1793, en fens contraire du fentiment populaire, comme les chanfons fur l'Efcalade le prouvent de refte. Félicitons-nous de ce qu'ils n'ont plus aujourd'hui aucune raifon d'être, au moins à l'égard de la maifon de Savoie*.

En publiant cet opufcule, nous ne prétendons pas, tant s'en faut, le faire paffer pour un chef-d'œuvre :

---

* Depuis 1782 & 85, le gouvernement genevois, foit par des motifs de bienféance, avait ôté à la fête de l'Efcalade fon caractère officiel, que le Confeil des CC avait voulu lui enlever déjà en 1754, à la fuite du traité de délimitation avec la Savoie. Cela fuffifait pour qu'elle fût rétablie avec pompe, dans le goût du jour, par le gouvernement révolutionnaire de 1793. — Au refte, de quelque manière qu'on envifage cette fête nationale, dont on nous a fouvent reproché les allures rudentes & provocatrices, il eft impoffible de méconnaître dans tout cela l'influence d'un élément nouveau, étranger à l'ancienne Genève. À l'époque où celle-ci luttait nuit & jour pour la fondation & le maintien de fon indépendance, elle échappa à une férie de dangers analogues qui, pour la vigueur & l'habileté de l'attaque, comme pour le courage & les facrifices de la défenfe, furent, au dire même des hiftoriens favoifiens, tout autre chofe encore que l'affaire de 1602, & qui cependant ne provoquèrent ni fêtes ni chanfons. Les guerres de la fin du XVIᵉ fiecle firent, non-feulement relativement mais numériquement, plus de victimes dans les rangs des anciens Genevois que dans ceux de leurs nouveaux concitoyens, ce qui eft d'autant plus remarquable qu'il eft connu que dès la feconde moitié du même fiecle la population réfugiée était beaucoup plus nombreufe que l'ancienne. Il en fut de même lors de l'Efcalade de 1602 ; & cependant parmi les nombreux poetes qui ont chanté cette délivrance nationale, nous cherchons vainement quelques anciens noms genevois ; nous les trouvons bien plutôt parmi ceux de nos magiftrats qui auraient voulu voir régner plus de retenue dans la célébration de cet anniverfaire. Affez de documents prouvent, dès le XVᵉ fiecle, que ce n'était pas la verve poétique qui manquait à nos premiers ayeux, mais qu'hommes d'action avant tout, ils l'employaient à leur manière, jamais rétrofpectivement.

mais on conviendra qu'il ne méritait pas l'oubli dans
lequel il paraît être tombé dès son apparition. Dans
fa *Genève délivrée*, l'auteur a fu éviter la plupart des
vices de fond & de forme juftement reprochés à la
majorité des poëmes fur le même fujet, à favoir : les
longueurs ; le manque de générofité, difons mieux, les
injures groffières pour l'ennemi ; l'oubli des héros genevois pris individuellement, à la feule exception du
bourreau ; enfin le mauvais goût & les platitudes qui
caractérifent furtout les chanfons de cette catégorie
nées dans le courant du XVIIIᵉ fiècle. Le petit poëme
de Chappuzeau, qui a d'ailleurs aujourd'hui le mérite
de l'antériorité fur la plupart des pièces compofées
fur l'Efcalade, vaut même mieux, à notre avis, que
bien des productions vantées de la littérature françaife de l'époque. S'il s'y trouve quelques vers peu
coulants & des rimes qui pourraient être plus riches,
d'autres parties font traitées avec un talent réel : dans
ce nombre nous comptons le monologue de l'ambi-
tieux d'Albigny, à qui le fuccès préfumé de fon guet-
apens contre Genève fait rêver héroïquement, pendant que fes gens fe battent, la conquête fucceffive de
tous les pays de la terre, y compris « les deux Amé-
riques » :

> *Ainfi le monde entier au grand Charles foumis,*
> *Nous cefferons de vaincre en manquant d'ennemis ! ! !*

Nous mettons d'autant plus d'importance à cette an-
ticipation du pot au lait de Lafontaine, que l'auteur
déclare lui-même en avoir « pris la matière dans un
vieux vaudeville qui courait encore de fon temps
parmi le peuple *. » — Nous donnerons les mêmes

---

* Malgré certains rapprochements, les expreffions de l'auteur nous per-

éloges au récit tragi-comique de l'action, fait à d'Albigny par le chevalier d'Andelot, qui

> . . . . . ayant presque seul regagné le foffé,
> A l'epaule rompue, & le nez enfoncé.

Mais ce qu'il y a de mieux, c'est l'enfemble & la forme de cette petite comédie, née d'un feul jet. Les trois fameufes unités ne fauraient être mieux obfervées. On dira que ce n'est pas étonnant dans une pièce dont la repréfentation ne prendrait pas une demiheure ; mais c'est précifément l'un de fes premiers mérites. Cette triple unité, furtout celle du lieu, écartait forcément tout Genevois de la fcène dès que celleci devait fe paffer tout entière au camp favoyard, entre le général & fes principaux officiers ; mais cet inconvénient est racheté par le contrafte que l'auteur a fu établir en prêtant à l'un de ces derniers, d'Attignac cadet, les fentiments plus élevés, plus larges & plus humains qu'il devait fuppofer aux défenfeurs de la ville. A part quelques vers un peu ampoulés dans la bouche de ce martyr de l'honneur militaire, cette fiction est d'un excellent effet & habile à d'autres titres encore que ceux que le poëte fait valoir dans fon avis *au lecteur*.

Somme toute, il eût été difficile d'expofer l'Efcalade fous une forme à la fois plus convenable, plus attrayante, plus concife & cependant plus complète ;

mettent de douter que ce vaudeville foit la chanfon comme fous le titre de *Pot au lait du Duc de Savoie*, & commençant par ces mots :

> Un jeune galant villageois
> Portait au marché du lait vendre.

D'ailleurs cette chanfon ne pouvait être déjà vieille en 1662, fi même elle n'est pas d'une facture poftérieure à cette époque. — Il manque malheureufement un vers au milieu du monologue de d'Albigny.

car tous les détails authentiques s'y retrouvent, & ceux que d'Andelot n'a pu comprendre dans son récit, sont complétés dans l'*Epilogue* par *le bon Génie de Genève*, ce qui a encore l'avantage de soutenir l'intérêt jusqu'au bout de cet appendice obligé, ordinairement si froid, des pièces de l'époque. Enfin n'oublions pas que cette comédie nationale, composée au milieu du XVII⁶ siècle, l'a surtout été pour le divertissement de la jeunesse genevoise, à qui elle pourrait rendre encore le même service. A dire vrai, l'intérêt que nous y mettons est purement littéraire ; nous réintégrons dans une collection nationale une pièce longtemps oubliée ou perdue. Mais après cela, tant mieux si elle peut contribuer, pour sa modeste part, à renforcer encore ces sentiments de reconnaissance qui font dire à Genève personnifiée, dans le *Prologue* :

> *Tous les ans de ce jour pour eux si plein de gloire,*
> *Mes enfants à l'envi célèbrent la mémoire.*

> *Et méprisant du siècle, & les jeux & les fables,*
> *Ils font de ce récit leurs plaisirs véritables.*

GALIFFE.

AV LECTEVR.

DANS ce petit poëme, que i'ay difpofé en faueur de la ieuneffe pour l'accouftumer à fe produire en public, ie n'auance que ce que m'ont produit quelques memoires impriméz, touchant l'entreprife faite fur Geneue le 12 decembre de l'année 1602. le me fuis attaché autant que ie l'ai pu à toutes les circonftances; ie n'en ay peuteftre oublié aucune, & ne crois pas auoir rien alteré de la verité, fi i'en excepte deux chofes, que les priuiléges de la poëfie pour l'vne, & la bienfceance pour l'autre, ont dû me permettre. l'ai donné au ieune d'Attignac des fentimens d'hōneur & de vertu, differens des fentimens de l'aifné ; & cette oppofition, outre qu'elle

a.

ne choque point le vraiſemblable, & que
deux freres qui n'ont pas touſiours les
meſmes inclinations ſe communiquent
plus librement leurs penſées que deux
eſtrangers, ſert beaucoup à l'intelligence
de l'hiſtoire, & des motifs qui pouſſent
les autheurs de l'entrepriſe. L'autre licence
que i'ay creu deuoir prendre, & dont ie
ne ſeray ſans doute pas deſauoüé, eſt lorſque ie reiette toute l'imprudence & l'in-
iuſtice de l'action, que d'autres moins diſ-
cretz, ou moins bien inſtruits pourroient
imputer au Prince, ſur les mauuais con-
ſeils de deux de ſes ſeruiteurs, & meſmes eſtrangers de ſon Eſtat, qui ne ſe
ſoucioient pas beaucoup de meſnager, ny
ſa gloire ny ſes forces, & qui manquoiēt
de cet amour ſincere, que des ſuietz na-
turels ont ordinairement pour leur Prince
legitime, lorſque ie reiette, dis-ie, cette
meſchante action, ſur vn d'Albigny né
François, qui auoit deſerté le ſeruice de
ſon Roy, & d'vn pere Alexandre, Eſcoſſois
qui s'eſtoit retiré depuis quelques années
en Sauoye. Ie parle donc de la nation & du
Souuerain auec reſpect, & auec bien plus

de circonfpection que n'en apporte à l'ef-
gard d'vn Prince qui voit le foleil fe leuer & fe coucher dans fes Eftatz, vne des
premieres villes des Prouinces-Vnies, dans
la magnifique reprefentation qu'elle dōne
à tout fon peuple, & à tous ceux qui fe
rendent dans le grand amphitheâtre qu'elle
fait dreffer, de fa fameufe deliurance fous
le Duc d'Albe. Ne puis-ie pas dire en paf-
fant que les noms de d'Albe & de d'Albigny ont quelque rapport, comme il y
en a eu beaucoup & dans leurs deffeins
& dās leur humeur portée au fang, dont
tous les hiftoriens n'ont pû fe taire quand
il leur a fallu parler du premier? Pour
le pere Alexandre, il ne doit pas fe plain-
dre que le ieune d'Attignac, imbu des
maximes de ceux de fa compagnie, s'en
explique de mefme qu'vne bonne partie
de la cōmunion Romaine s'en eft expli-
quée en France & ailleurs : comme on
ne doit pas auffi trouuer mauuais que ce
pere, en reuanche, traitte auec mefpris &
Geneue & la doctrine qui y eft pre-
fchée. I'adiouteray qu'vn vieux vaudeuille
qui court encore parmy le peuple, m'a

fourny la matiere d'vne fcene où ie fais
vn matamore & vn capitan de d'Albigny.
Enfin le bon Genie que ie donne à la ville
de Geneue ne doit m'attirer aucun pro-
céz ; & fans alleguer que Dieu cōmande
non-feulement en general à fes anges,
de nous garder en quelque lieu que nos
pas fe portent : mais auffi qu'il en com-
mande vn en particulier pour fe mettre
entre l'armée de Pharao & l'armée d'If-
raël, & vn autre encore pour battre les
troupes affiriennes en faueur d'Efechias ;
& qu'il en peut cōmettre vn de mefme
quand il luy plaira, à la conferuation d'vne
ville où fa verité eft annoncée, fans alleguer encore la liberté que la poëfie, plus
fouueraine que le ftyle libre, pretend fe
donner, pour couper chemin à tout, par
ce bon Genie, ie n'entens autre chofe
que ce que des autheurs tres-fages & tres-
chretiens ont voulu entendre par leur
deftin, affauoir la prouidence particuliere
de DIEV fur Geneue, comme ie le tef-
moigne affez dans ce vers qu'il dit d'a-
bord :

Ou fans moy, mais pluftoft fans le Dieu que tu fers,

& dans beaucoup d'autres où il exhorte
inceſſamment la ville à reconnoiſtre l'au-
theur de ſa deliurance.

PERSONNAGES.

Geneue.

Le bon Genie de la ville.

D'Albigny. *Lieutenant general du Duc de Sauoye de deçà les monts.*

D'Attignac l'aifné ⎫
⎬ *Gentils hommes fauoyards.*
D'Attignac le cadet ⎭

D'Andelot. *Cheuallier comtois.*

Le pere Alexandre. *Iefuitte efcoffois.*

Vn garde de d'Albigny.

La fcene eft au Camp de Sauoye,
fur la riuiere d'Arue
pres de Geneue.

* *
*

GENEVE DELIVREE.

PROLOGVE.

Geneue & ſon bon Genie.

LE BON GENIE.

GENEVE, tu me vois touſiours au
pres de toy,
Tu peux te repoſer ſur mon zelle
& ma foy.
Ie ſuis ton bon Genie, & depuis
pluſieurs luſtres
Tu reçois de mes ſoins mille mar-
ques illuſtres.
Tu iouis d'vn repos & d'vn calme ſi doux,
Qu'il rend de ton bonheur tous les peuples ialoux.
Des ſages magiſtratz, qui pour toy tiennent ferme,
L'eſprit agit touſiours, l'œil iamais ne ſe ferme :
Ce ſont des ſurueillans que le Ciel t'a donnéz,
Que tu dois plus cherir que des fronts couronnéz.
Tu vois du Dieu puiſſant les fidelles miniſtres
Qui deſtournent de toy tous accidens ſiniſtres,
Ces Moiſes ardens les mains touſiours en haut,
Tandis que du demon tu repouſſes l'aſſaut,

Dont le zelle t'efchauffe, & l'exemple t'anime
A fuir de mefme qu'eux iufqu'à l'ombre du crime,
Et qui par la vigueur de leurs doctes leçons
Sçauent rompre des cœurs les plus fermes glaçons
Tes murs où retentit la voix de l'Euangille
Ont la gloire d'offrir à tous vn doux azille;
L'abondance qui reigne autour de tes rempars
Semble les inuiter chez toy de toutes pars.
Ce petit ocean, ces montz, & cette plaine
Qui rendent ton affiette & fi belle & fi faine,
Ce fleuue qu'en ton fein tu fembles conceuoir
Font naiftre à mille gens le defir de te voir.
Cependant tes enfans, par vn bonheur infigne,
Chacun fous fon figuier, & chacun fous fa vigne,
Mieux que fous les lambris des plus vaftes palais,
Gouttent tous les plaifirs d'vne profonde paix.

Te fouuient-il encor de cette nuit fatalle
Où ie veillay pour toy d'vne ardeur fans efgalle,
Où fans moy, mais pluftoft fans le Dieu que tu fers,
Tu perdois tous ces biens, tu tombois dans les fers?
Où tes fiers ennemis, montéz fur tes murailles,
T'alloient en vn moment combler de funerailles,
Si de ces ennemis qui creufoient ton cercueil
Le Ciel en vn moment n'eut abbatu l'orgueil?

GENEVE.

Ouy, ie m'en reffouuiens, o fidelle Genie!
Tu m'aidas puiffamment à fuir leur tirannie:
Tu bannis de mes yeux vn funefte fommeil
Qui ne m'auroit offert qu'horreur à mon reueil.
Ouy, ie m'en reffouuiens, & d'vn bienfait fi rare
L'image de mon cœur iamais ne fe fepare;

I'en rens inceſſamment graces au Souuerain
Qui fit à cette nuit ſuiure vn iour ſi ſerain.
Tous les ans de ce iour pour eux ſi plein de gloire,
Mes enfans à l'enui celebrent la memoire.
Ils font voir à l'enui des cœurs reconnoiſſans
Et pouſſent vers le Ciel leurs vœux & leurs encens.
Ils ne peuuent auoir, apres cette aſſiſtance,
De ſouuenir plus doux que de leur deliurance ;
Ie les voy s'embraſer d'vn zelle tout nouueau
Auſſitoſt qu'à leurs yeux s'en offre le tableau ;
Et meſpriſant du ſiecle & les ieux & les fables,
Ils font de ce recit leurs plaiſirs veritables.

LE BON GENIE.

Hé bien, de ce recit ie vais les reſiouir ;
Que chacun auec toy ſe diſpoſe à l'ouir !
Parroiſſez ennemis, & dreſſez vos eſchelles
Qui portoient dans ces murs vos troupes criminelles !
Mais toy ! parrois auſſi, grand Dieu, qui des humains
Renuerſes tout d'vn coup les iniuſtes deſſeins !

SCENE I.

D'Attignac l'aiſné, d'Attignac le cadet.

L'AISNE.

Mon frere, vous tremblez ; d'où naiſt cette foibleſſe ?
Le courage au beſoin honteuſement vous laiſſe ?
Le grand nom d'Attignac que nous portons tous deux

Nous deffent de trouuer rien de trop hazardeux.
Quoi ! Geneue eſt à nous, le Ciel nous l'abandonne,
Et lorſque tout nous rit, le peril vous eſtonne ?
Defia iuſqu'au foſſé l'accéz nous eſt permis,
Et vous craignez encor des peuples endormis.

LE CADET.

Ouy, mon frere, ie crains, à vous parler ſans feinte ;
Mais d'vne indigne peur ie n'ay point l'ame atteinte.
Le danger de mourir n'allarme point mon cœur,
Et i'ai donné cent fois des marques de valeur.
La maiſon d'Attignac qui m'enfle le courage
Me laiſſe auec cela des vertus en partage ;
La iuſtice en eſt vne, & ie crains auiourdhuy
Qu'elle n'ayt plus chez nous d'azille ny d'appuy.
Ouy ! ie crains en effet, ie crains, pour ma patrie,
Que ſa gloire ne ſoit honteuſement fleſtrie,
Que l'on ne luy reproche auec iuſte raiſon
Au milieu d'vne paix ſa laſche trahiſon ;
Que le Ciel en courroux, qui punit les pariures,
N'ayde les Geneuois à vanger leurs iniures
Et qu'il ne reſte au Duc, apres cette action,
Que honte, que regret, & que confuſion.

L'AISNE.

Hà ! ceſſez ce diſcours, banniſſez ce ſcrupule !
Voſtre crainte, mon frere, eſt vaine & ridicule ;
Vn Prince a touſiours droit, & de ſa volonté
Dependent en tous lieux les loix & l'equité :
Son canon eſt ſa reigle, & ſa raiſon l'eſpée.
Quittez donc cette erreur dont voſtre ame eſt frappée,
Cette erreur qui pour vous enfin me fait rougir ;
Noſtre Prince n'agit que comme il doit agir !

LE CADET.

Dittes, dittes pluftoft, qu'il agit par l'organe
De ces docteurs ruféz, ces efpritz de chicane,
Et qu'vn pere Alexandre, inftruit dans Loyola,
Par fes mauuais confeils l'a porté iufque là.
On ne le voit que trop, ces bonnetz à trois cornes
A leur ambition ne mettent point de bornes :
Il faut pour l'affouuir que le Duc auiourdhuy
Permette vne action fi peu digne de luy !
On l'abbufe, & ces gens ont d'eftranges maximes.
Souuent pour des vertus ils font paffer des crimes :
A qui n'eft pas des leurs, ne point garder la foy ;
Pour la relligion, attenter fur vn Roy ;
Pour fauuer fon honneur, affaffiner fon frere ;
Ce font de leurs leçons que l'on n'approuue guere.
Geneue eft dans l'erreur, & c'eft de leur aueu
Que l'on court l'en tirer par le fer & le feu ;
Que l'on court l'en tirer auec peu de courage,
Puifqu'on choifit la nuit pour ce honteux carnage !
Il faut de cette erreur autrement la guerir ;
Ce n'eft pas l'en tirer, c'eft l'y faire perir !

L'AISNE.

Enfin, à vous ouir, ie vous croiray fans peine
Plus habille orateur que vaillant capitaine ;
Vrayment, pour vn foldat, c'eft en fçauoir beaucoup.
Allons, mon frere, allons donner le premier coup !
Nos gens font auancéz, nos efchelles font preftes ;
Adiouftons cette ville à nos autres conqueftes.
Tous les chemins font beaux contre des ennemis ;
Soit rufe, foit valeur, tout en guerre eft permis
Et l'interreft du Ciel fe venant ioindre au noftre,

Nous deuons tout ofer, & pour l'vn & pour l'autre !
D'Albigny qui nous fuit, ce vaillant general....

LE CADET.

D'Albigny, croyez-moy, caufera bien du mal ;
Luy feul infpire au Duc vne action fi noire
Qui chez tous nos voifins va ternir fa memoire.
Ayant ofé trahir & la France & fon Roy,
Au Duc bien aifement il peut manquer de foy,
Et dans l'efpoir douteux d'vne honteufe proye
Il expofe auiourdhui l'honneur de la Sauoye.
Non, ie connois le Duc, il a trop d'equité
Pour former vn deffein fi plein de lafcheté ;
Il a l'efprit trop bon, il parreft trop habile
Pour s'en perfuader le fuccéz fi facile.
C'eft ainfi que iadis, vn Duc d'Albe trop vain
Pour vouloir tout gagner, perdit tout à la fin,
Du maiftre qu'il feruoit menageant mal les forces,
La liberté bientoft fit goufter fes amorces ;
Le peuple fe reuolte, & l'on a veu foudain
Six prouinces s'vnir contre leur Souuerain.
Au milieu de la paix n'allumons point la guerre,
Nous refpirons à peine apres vn long tonnerre ;
D'Albigny fit toufiours des proietz trop hardis ;
Nous n'aurons point Geneue, & ie vous le predis.

L'AISNE.

Le voicy ! cachez-luy du moins voftre foibleffe.

SCENE II.

D'Attignac l'aifné & le cadet, d'Albigny, d'Andelot.

D'ALBIGNY.

Il eſt temps de marcher, amis, l'heure nous preſſe !
Brunaulieu, Chaffardon, Payen, La Tour, Sonas,
Sont tous au pié du mur ; & vous ne ſuiuez pas ?
Qui vous retient icy, ieuneſſe magnanime,
Pour ne vous pas haſter d'acquerir de l'eſtime ?
Vos vaillans compagnons peut-eſtre ſont aux coups ;
Si vous tardez encor, tout ſe fera ſans vous !

D'ATTIGNAC L'AISNE.

Nous attendions voſtre ordre, & que l'heure donnée
Auanceaſt le ſuccéz d'vne nuit fortunée.
Nous y courons tous deux, la gloire nous l'enioint,
Et Geneue ſans nous ne ſuccombera point.

D'ATTIGNAC LE CADET.

Ouy, de quelque coſté que tourne la victoire,
Nous voulons partager, ou la honte ou la gloire ;
Et ſi dans ce deſſein, il faut vaincre ou perir,
Et nous ſçauons combattre, & nous ſçauons mourir.

D'ALBIGNY.

Hà, vous ne mourrez point, la victoire eſt certaine !
Tout eſt bien concerté ; vous monterez ſans peine ;
Nous auons des amis, & vous verrez d'en bas
Des gens vous inuiter & vous tendre les bras.
Deux cens hommes de cœur doiuent vous faire eſcorte ;

Et d'abord le petard ayant ouuert la porte
Sans donner au bourgeois le temps de fe leuer,
Nos troupes à l'inftant iront tout acheuer.
Dans l'ombre de la nuit, lorfque tout eft paifible,
L'entreprife eft aifée, & l'iffuë infaillible.
Mais voicy le bon pere, & nous allons fçauoir
Si chacun fe difpofe à faire fon deuoir.

SCENE III.

*D'Attignac l'aifné, d'Attignac le cadet, d'Albigny,
d'Andelot, le pere Alexandre.*

D'ALBIGNY.

Hé bien, nos gens enfin montrent-ils du courage ?
La peur n'eft-elle point peinte fur leur vifage ?
Sont-ils bien refolus, & marchent-ils d'vn pas
A vous faire iuger qu'ils brauent le trepas ?

LE PERE ALEXANDRE.

Ouy, chaque foldat porte vn front de capitaine,
Chacun tient en fes mains la victoire certaine,
Chacun court au triomphe & fe promet demain
D'vn honneur immortel l'inneftimable gain.
Le feul nom de Iefus leur donne à tous des aifles ;
Sans en fentir le poids, ils portent leurs efchelles ;
La ioye eft dans leurs yeux & leur bouillante ardeur
Me fait de leur courage admirer la grandeur.
Et vous, braues guerriers, allez, allez les ioindre :

Si le peril eſt grand, la gloire n'eſt pas moindre.
Mais, que dis-ie ? non, non, ie m'abuſe en ce point :
Hé, pourquoy vous parler d'vn peril qui n'eſt point ?
Vous ne pouuez manquer cette iuſte entrepriſe ;
Voſtre Prince l'ordonne, & le Ciel l'autoriſe !
Le monſtre de l'erreur dans ces murs renfermé
Doit au fond de leurs eaux eſtre enfin abiſmé.
Il faut dans ce grand lac noyer cette hereſie
Qui de mille autres lieux s'eſt hardiment ſaiſie :
Il faut par le tranchant de vos brillans aciers
Faire courir la mort dedans tous les quartiers !
Faire couler le ſang, par le fer & les flames,
Des ieunes & des vieux, des hommes & des femmes !
Il faut à la pitié refuſer tout credit
Et ſans rien eſpargner tout mettre à l'interdit !
Par de ſi beaux exploitz, vous viurez dans l'hiſtoire,
Vous en verrez partout celebrer la memoire :
Et ce monſtre par vous heureuſement dompté
Va rendre vos noms chers à la poſterité.
Si i'adiouſte du Ciel la conqueſte infaillible,
Pouuez-vous rien trouuer de rude ou d'impoſſible ?
Ce mur eſt l'eſchelon qui peut vous y ſeruir
Et les violens ſeuls ont droit de le grauir.

D'ATTIGNAC LE CADET.

Vos diſcours, ie l'aduouë, ont vne grande force :
La conqueſte du Ciel eſt vne douce amorce !
Par vn chemin ſi court, par vn ſi beau ſentier,
Nous vous verrons monter ſans doute le premier ?

LE PERE ALEXANDRE.

Non, ma preſence en bas ſemble trop neceſſaire,
Et ie dois exhorter vn chacun à bien faire.

Si quelqu'vn relafchoit, ie dois le raffermir
Et ie n'auray pas là le temps de m'endormir.

D'ALBIGNY.

C'eft affez haranguer ; parlons d'agir, mon pere !
De nos gens animéz fouftenons la colere.
Defia dans cette plaine ils font tous auancéz
Et n'ont qu'à faire vn pas pour gaigner les foffez;
Ie tiendray cependant entre l'Arue & la plaine,
Pour vous ioindre bientoft, mes troupes en haleine.
On voit regner partout la nuit & le fommeil :
Empefchons ces mutins de reuoir le foleil.

D'ATTIGNAC LE CADET.

Allons, puifqu'il le faut !

LE PERE ALEXANDRE.

              Allons, braue ieuneffe,
Ne rallentiffez point cette ardeur qui vous preffe ;
Aucun de vous ne doit dans vn deffein fi beau
Rien craindre, ny du fer, ny du feu, ny de l'eau ;
Ouy, ie vous en refpons !

D'ATTIGNAC L'AISNE.

              Allons fans plus attendre.

D'ATTIGNAC LE CADET, *à part foy.*

La belle caution que le pere Alexandre !

(*Ils s'en vont, & d'Albigny retient par le bras d'Andelot qui les fuiuoit.*)

D'ALBIGNY.

Demeure d'Andelot, tu fuiuras auec moy.

D'ANDELOT.

De vos ordres, Monſieur, ie me fais vne loy.
Mais s'il m'eſtoit permis de ſuiure mon enuie,
A la teſte de tous i'irois porter ma vie,   .
Et ne ſouffrirois pas qu'à quelque laſchetté
Trop de reſpect pour vous me put eſtre imputté.
Il ne ſera point dit que iamais la Bourgogne
Ait produit vn ſoldat qui du peril s'eſlogne !
La gloire des dangers ne ſçauroit l'aſſouuir,
Et puiſque ie vous ſers, ie veux vous bien ſeruir !

D'ALBIGNY.

Va donc, cher d'Andelot, où ton honneur t'engage !
Va les animer tous par ce noble courage !
Va, ne perds point de temps, cours viſte & fais-leur voir
Ce que ſur les grands cœurs la gloire a de pouuoir !

D'ANDELOT.

I'y cours, ſongez au reſte.

D'ALBIGNY ſeul.

Enfin, qu'aurai-ie à craindre ?
Nul d'eux pour cet aſſaut ne ſe laiſſe contraindre ;
Tout nous rit, & dans peu le Prince que ie ſers
Se verra par mes ſoings maiſtre de l'vniuers.
Geneue eſt le theatre où i'ouuriray la ſcene ;
Ses voiſins allarméz ſe rangeront ſans peine ;
De deſſus ſes rampars le bruit de nos canons
Fera fuir les Comtois, & trembler les Cantons !
I'auray Berne ayſement, & Zurique & Schaffouſe ;
Et d'vn progrez ſi prompt l'Allemagne ialouſe,
Loing de nous oppoſer d'inutilles efforts,

b.

Par crainte, ou par amour, fe viendra rendre en corps!
L'Autriche à la Sauoye enfin cedant l'Empire,
On verra tous les Rois s'empreffer d'y foufcrire :
La France, l'Angleterre & l'Efpagne à l'enuy
Suiuront incontinent le Germain afferuy !
Rome, Genes, Mantoüe, & Venife, & Florence
Se foumettront bientoft à noftre obeiffance ;
L'Othoman, redoutant noftre infigne bonheur,
Du Ianiffaire en vain rappellera le cœur,

(Il manque un vers ici.)

Et pour nous rendre Chippre en voudroit eftre quitte !
Enfin, mieux qu'vn Xerces contraint d'en defplacer,
De l'Europe en Afie on nous verra paffer !
On nous verra tout prendre , & maiftres du Bofphore
Aller affuiettir les peuples de l'aurore :
Le Scite, le Perfan, l'Indien, le Chinois,
Et plus loing qu'Alexandre eftendre nos exploictz !
Puis rebrouffant de là vers les bords atlantiques,
Nous poufferons enfin iufqu'aux deux Ameriques ! !
Ainfi le monde entier au grand Charles foumis,
Nous cefferons de vaincre en manquant d'ennemis ! ! !

* * *

SCENE V.

D'Albigny, le pere Alexandre.

D'ALBIGNY.

Hé bien, font-ils montéz ? aurons-nous bonne iffue ?

LE PERE ALEXANDRE.

Tres-bonne, & l'entreprife eftoit trop bien conçeue.

Defia plus de deux cens ont franchi le danger
Et vont le long du mur doucement fe ranger.
A l'ombre de deux tours cette troupe vaillante
Du prochain parapet couure toute la pante ;
Et c'eft là que fans bruit, fur le ventre couchéz,
Dans l'attente du iour, ils demeurent cachéz.
Toutefois dans l'efpoir du butin qui les charme,
Les plus impatiens veulent donner l'allarme :
Picot brufle d'ardeur, & fon petard tout preft
Du fort des Geneuois doit prononcer l'arreft !

(En cet endroit le bruit d'vn moufquet, d'vn tambour & d'vne trompette fe fait entendre.)

Qu'entens-ie ? C'en eft fait, ils nous ouurent la porte,
Et ce grand bruit en eft vne preuue affez forte !
Il ne nous refte plus d'obftacle à furmonter,
Et la ville eft à nous, il n'en faut plus douter !

D'ALBIGNY.

Nous n'en pouuons auoir de preuue plus fidelle.

(Il parle à vn de fes gardes qui fe treuue li proche.)

Va, cours vifte à Turin en porter la nouuelle !
Que chez tous nos voifins ce bruit foit repandu !
Auançons cependant.

*   *
*

SCENE VI.

D'Andelot, d'Albigny, le pere Alexandre.

D'ANDELOT.

Monfieur, tout eft perdu !

D'ALBIGNY.

Que dis-tu, d'Andelot ?

D'ANDELOT.

Que tous vos capitaines
Sont, ou mortz, ou blesséz, ou sont chargéz de chaines
Et qu'ayant presque seul regaigné le fossé,
l'ay l'espaule rompue, & le nez enfoncé.

D'ALBIGNY.

Ou ton rapport est faux, ou ce pere m'abbuse !

D'ANDELOT.

Vous connoissez trop tard cet esprit plein de ruse.
Nous auions, disoit-il, dans vn dessein si beau
Rien à craindre du fer, ny du feu, ny de l'eau !
Mais dans ce beau destail, ie ne vois point contée
La corde, que luy seul n'a que trop meritée.
Quoy, pouuez-vous encor souffrir auprez de vous
Vn traistre que le Ciel ne doit voir qu'en courroux,
Qui par des traitz flatteurs qu'vn faux zelle desploye
Ose ainsi prodiguer tout le sang de Sauoye ?
Ce monstre que l'Ecosse ou l'enfer a produir,
Pour perdre tant de gens dans vne seule nuit !...
Ouy, Geneue triomphe & vange son outrage
Sur vos meilleurs soldatz, sur Gruffy, sur Cornage ;
Ie ne vois pour Sonas, Brunaulieu, Chaffardon
Pour Payen, ny Latour, nul espoir de pardon.
Les vaillans d'Attrignac, ces deux genereux freres,
Sont liuréz auec eux aux bourreaux sanguinaires ;
Et le plus noble sang d'vn païs si fameux
Est soubmis à l'affront d'vn supplice honteux.

D'ALBIGNY.

Tout ce que tu nous dis eſt-il bien veritable ?

D'ANDELOT.

Il n'eſt que trop conſtant & que trop deſplorable !
I'en feray le recit. puiſqu'on vous l'a flatté,
Auec moins d'eloquence & plus de verité.
Apres qu'on nous eut peint la victoire certaine,
Auec ioye & ſans bruit nous trauerſions la plaine ;
Quand en l'air tout à coup vne flame reluit
Qui perce l'eſpoiſſeur de cette ſombre nuit !...
Quelques vns, à ce feu deuenus tout de glace,
Croyoient que du ſoleil il vint tenir la place,
Et que le Ciel contre eux declaré tout ſoudain
Allaſt aux ennemis declarer leur deſſein.
Le bon pere, ſçauant dans l'art de bien ſeduire,
Dit que cette clarté n'eſt que pour les conduire ;
Que c'eſt du peuple eſleu la collonne de feu,
En tire vn bon augure & les raſſure vn peu.
Cette flame s'eſtant à peine diſſipée,
D'vne terreur nouuelle on a l'ame frapée !...
A dix pas du foſſé, de certains pieux plantéz
Les moins hardis encor reſtent eſpouuentéz....
Puis approchant du mur pour dreſſer nos eſchelles,
Des canards effrayéz battent l'air de leurs aiſles,
Et ſemblent auertir le bourgeois endormy,
Comme Rome eſchappa iadis de l'ennemy !
Mais le deſtin plus fort que tous les vains preſages
Par la honte ou l'eſpoir r'affermit les courages ;
On monte, & ce docteur crie aux plus reffroidis
Que le bout de l'eſchelle atteint le paradis....

Pourquoy vous differer vne fin fi funefte ?
Deux cens eftoient montéz dans l'attente du refte,
Lorfqu'vne fentinelle auance fierement
Et nous lafche fon coup fans autre compliment!
Par la punition que les noftres en firent,
Le bruit s'accruft bientoft, d'autres foldatz fuiuirent ;
Le bourgeois eueillé fort à demy veftu
Et ne nous monftre point à demy fa vertu.
Nous voyant defcouuerts, nous fongeons à combattre:
Le ieune d'Attignac luy feul en abbat quattre !
Nous les pouffons d'abord & gaignons à la fin
La porte, où le petard ne s'eft porté qu'en vain.
Au moment qu'il alloit nous rendre vn bon office,
Vn foldat plus adroit fait tomber la coulice.
Le canon à l'inftant du prochain bouleuard,
Dont le bruit a paffé pour celuy du petard,
D'vn feul coup, coup fatal, a brifé nos efchelles
Et fermé le paffage à vos troupes fidelles !...
Pour moy, fans confulter, i'ay hafardé le faut.
I'entends defia le Duc nous railler comme il faut,
Et fçachant le fuccéz d'vne telle efcallade,
« Ils ont fait, » dira-t-il, « vne belle cacade ! »

D'ALBIGNY.

Ciel, que t'ay-ie donc fait !

D'ANDELOT.

Retirons-nous fans bruit,
Et cachons noftre affront du manteau de la nuit.

D'ALBIGNY.

Bon pere, reprenez le chemin de l'Ecoffe
Et ne vous meflez plus d'vn femblable negoce.

Croyez-moy, deformais ailleurs que dans Thonon
Il vous faudra tafcher d'acquerir du renom.

LE PERE ALEXANDRE.

Auec foubmiffion i'efcoute ce reproche...   .

<small>(Le premier vers eft prononcé haut, & les trois autres pius bas, apres que
d'Albigny eft parti.)</small>

Non ! croy que ie l'efcoute auec vn cœur de roche !
l'ayme mieux qu'ils foient tous, ou rouëz, ou pendus
Que deux de mes cheueux euffent efté perdus ! !

EPILOGVE.

SCENE I.

GENEVE en deuil.

Dans ce lugubre habit dont la trifte couleur
Marque affez ma difgrace, ainfi que ma douleur,
 Seigneur, ie t'apporte mes larmes.
Vn barbare me plonge vn poignard dans le fein ;
 Pour luy ma voix n'a point de charmes.
 Ie meurs fi rompant fon deffein,
 Toy-mefme tu ne le defarmes !

l'entends de toutes pars les cris de mes enfans
Dont l'enfer a rendu des tigres triomphans.
 Ie les cherche, aucun ne fe treuue ;

Helas ! du cher espoux que tu m'auois donné
    Faut-il que si tost ie sois vefue !
    Et ne me l'as-tu destiné
    Que pour vne si rude espreuue ?

Quoy, n'ay-ie point d'amis dans vn si iuste deuil ?
Irai-ie donc ainsi toute seule au cercueil
    Sans que personne me console ?
Peut-on ouir mes cris, peut-on me voir en pleurs
    Gemir pour le bien qu'on me vole,
    Sans au moins flatter mes douleurs
    D'vn soupir, ou d'vne parolle ?

Non, du secours humain, Geneue n'attend rien !
Si mon ingratitude a retardé le tien,
    O grand Dieu, pers-en la memoire !
De mes cruels tirans dissipe la fureur ;
    Ton bras te doit cette victoire ;
    Comme il y va de mon bonheur
    Seigneur, il y va de ta gloire !

Pers donc mes ennemis, qui noirs de trahison
Se preparent desia d'entrer dans la maison
    Où ta maiesté se contemple.
Chasse-les pour iamais de ta sainte cité,
    Et que ce memorable exemple
    Apprenne à la posterité
    Comme il faut respecter ton temple !

*   *
*

SCENE II.

Geneue & son bon Genie.

LE BON GENIE.

Quitte enfin ces habitz si tristement traisnéz :
Tu n'as plus d'ennemis qui ne soient enchaisnéz.
Ton Dieu, pour sa querelle, autant que pour la tienne,
Dans tous les mauuais pas veut que ie te soustienne.
Il t'ayme, & te fait voir par vn secours si prompt
Qu'il se rit des proietz que tous les humains font.

GENEVE.

Quoy, de ce doux espoir, puis-ie flatter mon ame ?

LE BON GENIE.

Le Seigneur tend les bras d'abord qu'on le reclame :
Apprends par vn recit que tu dois souhaitter
Comme ses bras puissans ont daigné t'assister.
L'ennemy dans tes murs alloit pousser sa rage,
Quand Dieu de tes enfans reueilla le courage.
Du zelle de son temple esgalement piquéz,
On voit à te vanger tous leurs soins appliquéz.
Dans cette occasion ils treuuent la mort belle
Et vont teste baissée où le bruit les appelle.
Vn des chefs du Conseil & chef de son cartier,
Fait offre à son païs de son sang tout entier.
O que de grands exploicts, que d'actions celebres
Viennent de s'estouffer dans l'horreur des tenebres !
O coups, sous qui bientost le barbare est tombé !
Que de lustre & d'esclat par la nuit derobé !
Mais pourquoy plus longtemps te retarder ta ioye?....

Le canon à l'inftant du Boulleuard de l'Oye
fette de grands efclairs, tonne, foudroye, abbat
Et met les ennemis enfin hors de combat.
Alors, pour euiter les peines qu'ils merittent
Des murs dans le foffé plufieurs fe precipittent :
Cinquante ou plus font morts, & le Ciel fatiffait
N'en referue que treize à l'affront du gibet.
On les traitte en voleurs, en traiftres, en infames,
Qui vouloient violer tes filles & tes femmes :
Et le iufte defpit de ton peuple outragé,
Par ce honteux fupplice eft vn peu foulagé.
Voilà dans vne paix qu'on a peu renerée
Le digne chaftiment d'vne foy pariurée !
Voilà dans le fecours d'vn Dieu qui t'ayme tant
Le digne & grand fuiet d'vn eloge eclatant !

GENEVE.

Ouy, ie dois t'en loüer, ô Maiftre des Monarques,
Qui daignes de tes foings me donner tant de marques!
Ouy, fans ceffe, grand Dieu, ie veux les exalter,
Sans ceffe à mes enfans ie les veux raconter !
Ie veux que de Dauid ce petit heritage
Se fouuienne à iamais d'vn fi faint auantage,
Et que dans ta maifon, où ta bonté pouruut,
Tu nous as efleué la corne de falut.

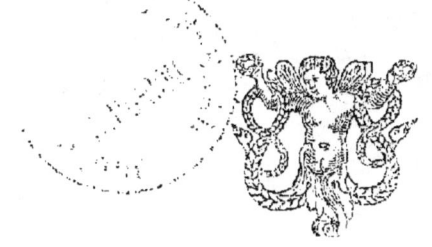

EN TOVT BIEN

(
(
C
Sa
le
Se
Er
Tu